내인생 60년

이외수 仙畵集 **숨결**

이외수 선생 작업하는 모습

이외수 仙畵集

# 숨결 한모금

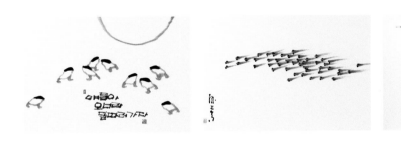

# 또 하나의 꿈, 미술로의 여행– "내 앞에 무수한 시간이 있네"

그는 길다면 길고, 사연이 많다면 많을 인생 삼라만상의 가장 짧은 한 때를 거두절미하고 내보여 준다.
삶의 여러 켜를 이루는 순간의 한 장면이 한 칼에 잘려 나온 느낌이 그의 묵화 전체를 지배하고 있다.
그 순간들이 전후에 걸쳐 있을 생로병사 사연을 염두에 둘 일은 없으리라.
만약 우리 인생을 짧디 짧은 숏컷으로 나누어 보여 준다면 그 순간의 앞뒤에서 우리를 못 견디게 했던
집착과 욕망과 즐거움과 안식이 그 순간과는 그다지 연관되어 있지 않음을 보게 되리라.
그는 이런 순간이 가지고 있는 절대성을 보여주고 있다.
아니면 긴 인생의 덧없음이 짧은 순간에서 재현되고 있음을 보여주려 했을까?

"무에 그리 견뎌내고 참아낼 일이 있었겠니."
"이 순간이 너의 진면목인 것을."
그는 참으로 구슬프게 한 마리 메기를 그려 놓고 말하고 있다.

이외수의 작가 정신이 한 점 일갈로 요약된다면 바로 그의 그림을 통해서일 것이다.
그는 많은 장편소설로 자신의 세계를 말해 왔지만 기실 그가 그 많은 글에서 하고자 했던 말도
바로 이 한 마리 메기의 짧은 순간에 다 담기지 않을까 싶을 정도다.
그런 점에서 이외수의 묵화는 작가 정신을 보여주는데 함축적이고 또 압축적이란 점에서
우리 문인화의 전통을 가장 충실하게 재현해 내고 있다고 말할 수 있다.
문인화란 것이 문인이 그린 그림이란 외형적인 의미 외에도 이른바 언어라는
구체적인 도구를 통해서 세상에 말하고자 하는 바를 화면에 담는 것이라고 한다면,
이외수의 묵화는 그가 소설을 통해서 그렇게 집요하게 찾아내고자 했던 한 순간의 경지–
그것이 깨달음인지 뭔지는 모르겠지만–를 가장 잘 드러내고 있다.
몸을 단 한 번만 꿈틀거렸을 것 같은 한 마리의 메기,
그 전에도 그 후에도 다시는 피어나지 않을 것 같이 한 순간에 피어난 듯 오롯이 담아 낸 붉은 꽃,

단지 하늘에 나타나기만 했다는 듯 날개로 남아있는 까마귀 등이 그렇다.

"그림은 손으로 그리는 것이 아니라 마음으로 그리는 것이다. 한 숨의 호흡과 한 번의 붓질이 가해질 때마다
마음과 손과 붓과 먹과 종이가 하나로 합쳐져서 하나의 형태를 낳는다.
붓이 가해지기 전에 어떤 형태를 의도하면 그 그림은 분명 실패한다.
의도하지 않고 자연스럽게 또는 우연히 나온 형태, 그것이 진정 마음이 원한 형태이다."

우리가 그의 묵화를 보면서 거의 사그러져가는 우리 문인화의 전통을 다시 떠올리는 것은
그의 묵화가 가지고 있는 고담 담백을 바탕으로 한 고도의 절제미 때문만이 아니라,
극도로 절차탁마된 기법으로 순간에 요약해 내는 많은 이야기성 때문만이 아니라,
바로 그의 작가 정신이 여기, 그의 묵화에서 가장 치밀하게 요약되고 있기 때문이다.

무릇 먹의 운용은 시간과의 싸움이리라. 궁극으로 찰나를 지향하는 묵화의 조성은 숙명적으로
시간이라는—먹이 마르기 전에 그려야 하는—한계 또는 조건과의 싸움이다.
이외수가 그의 전시회에서 보여 준 그림은 가히 극단적인 일필휘지 단필 일획의 기법으로 담아낸 것이다.
그는 한 폭을 만나기 위해 수일 밤을 꼬박 새우며 수백 장의 파지를 불사했다.
거기다 그가 이번 작업을 위해 鳳翼筆이라는 가히 기상천외한 붓을 사용한 데도 먹 운용의 극단을 보여 준다.
봉익필은 장닭의 꼬리털로 만든 붓이어서 심성이 거세고 먹을 받아들이지 않아 숙명적으로 한 필에,
그것도 순간에 끝내야 하는 시간만을 자각에게 주는 붓이다.
그가 한 순간에 그려야 하는 조건을 가진 붓으로 담아 낸 묵화가 그 많은 이야기를 앞뒤에 남겨두고
단지 한 순간의 '그때'를 보여주는 것은 어쩌면 당연한 지도 모른다.
그가 보여주는 한 경지의 찰나는 바로 작가 자신이 갖고 있는 한 경지의 찰나이며
그 찰나야말로 영원과 다르지 않다.

배문성 시인

작가노트 1

그대 가슴에서 지워진 사랑,
지나간 날들은 모두 전생이지요.

14    46×49

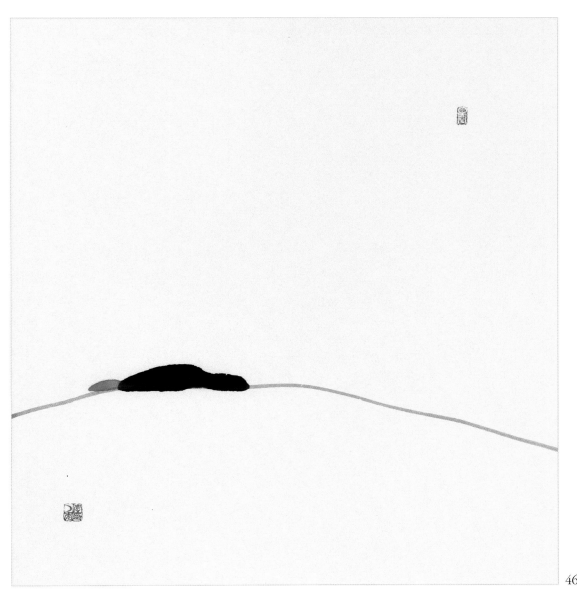

46×49     15

작가노트 2

새는 아침마다
계곡물에 울음을 청명하게 씻어서
창틀에 걸어 놓는다
내 울음도 계곡물에 씻어서
원고지에 바르면
저렇게 청명한 느낌을 줄 수 있을까.

66×30

17

작가노트 3

나는 이제 도시의 치열한 생존법을 모두 버리고
빗소리 속에 모든 기억을 해체한다.
아무리 치밀하게 계산해 보아도
인생은 결국 본전이다.
누군가를 못견디게 사랑했던 기억도
오늘은 자욱한 빗소리로 흩어지고 있을 뿐.

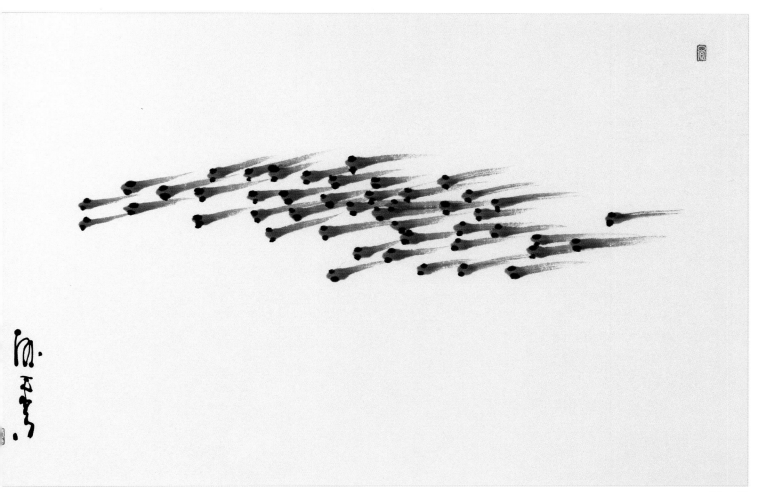

69 × 43

작가노트 4

방문을 열 때마다 자욱한 물소리
어디서 왔는지를 생각한들 무슨 소용이며
어디로 가는지를 생각한들 무슨 소용인가
흘러야 할 장소를 만나면 흐르고
고여야 할 장소를 만나면 고이면서
더러는 저 하늘에 두둥실 구름으로 떠돌다가
새벽녘 가슴 비어 잠 못 드는 그대 머리맡
추적추적 빗소리로 내릴 때도 있으리니
이제는 오는 일도 가는 일도 생각지 않으려네.

70 × 36

작가노트 5

거실 창 밖으로 물때까치들이 날아와
봄이 오고 있다고
요란하게 수다를 떨고 있습니다.

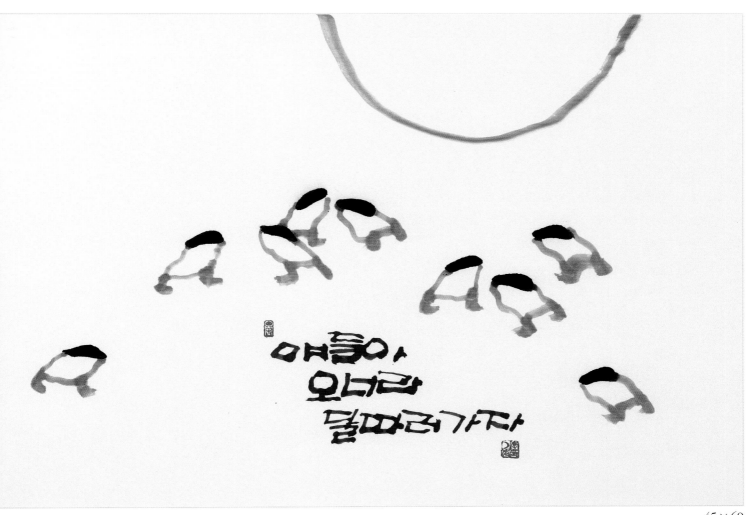

45×69

작가노트 6

헐벗은 나무들이 달빛 아래서
깊은 묵상에 빠져 있습니다
사방이 적요합니다.

70 × 45

26        70×45

작가노트 7

가슴에 품고 있던 보름달 하나를
세상으로 내보냈습니다
저는 가슴에 커다란 구멍이 뻥 뚫어진 느낌이지만
이달 안으로 그대의 머리맡에
보름달 하나가 두둥실 떠 오를 겁니다
모든 이들의 가슴이 환해지기를 간절히 소망합니다.

바람 한 점 없는 날씨
사방은 적요한데
미동도 없이 붙박여 있던 찌가
불쑥 솟구치는 착각에 빠질 때가 있다
쿵 하고 가슴에 돌덩어리 하나가 떨어지면서
재빨리 손이 낚싯대를 잡는다
이래서 내 공부는 아직 멀었다.

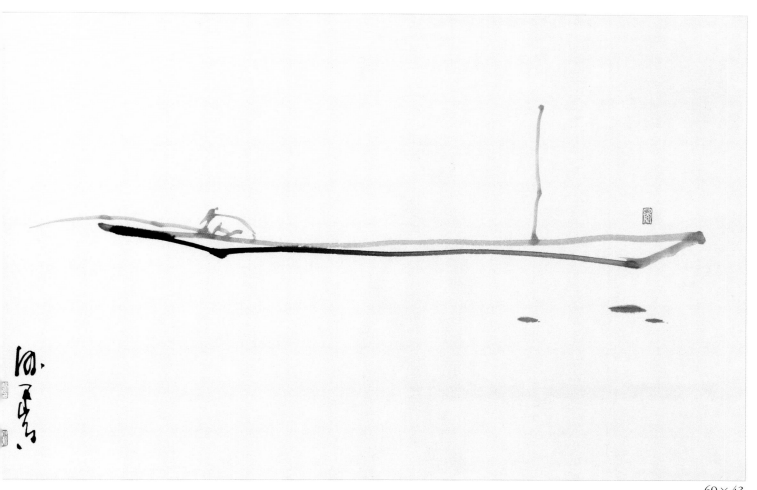

69×43

30          70×43

작가노트 9

그대 보기에 거부감이 생긴다고 무조건 그것이 잘못되었다는 생각을 해서는 안된다
혹시 그대는 그것의 일부만을 보고 있는지도 모른다
길섶에 자라는 엉겅퀴를 보면 다른 식물에 비해 다소 거칠어 보이지만
그놈도 저 혼자 꽃 피우는 법은 알고 있다
혹시라도 엉겅퀴를 보고 그대가 눈살을 찌푸렸을 때
그럼 네 꽃을 보여 봐 라고 엉겅퀴가 말하면 그대는 과연 어떻게 대처하겠는가.

작가노트 10

방문을 열었다
넓직한 오동나무 이파리에
넉넉한 햇빛
세상 돌아가는 이치가 훤히 보인다
늙으니까 좋구나

42×70

34          46 × 49

작가노트 11

우리집 담장 너머 목련나무 한 그루
이침마다 잎 다 져
쓸쓸한 가지 넘나들며
청명하게 지저귀던 새 소리를
이제야 통역해서 여러분께 전합니다
파랑새가 있다니깐요
파랑새가 있다니깐요.

작가노트 12

너는 어디서 왔느냐
달은 동쪽에 떠서 서쪽으로 지지 않는다
차를 따른다
너는 어디로 가느냐
복사꽃은 졌으되 복사꽃이 간 것이 아니고
복숭아가 열렸으되 복숭아가 온 것이 아니다
차를 마신다
너는 누구냐 이래도 모르겠느냐
찻잔을 놓는다
바람이 불면 나뭇잎이 흔들린다.

70×45

작가노트 13

아무리 이름난 산이라도 맹수가 살면 아직 명당이 아니다
산은 자신의 몸을 헐어 많은 생명을 키운 다음에야 명당을 만들어 낸다
설령 그대의 공부가 수미산 높이와 버금간다 하여도 끊임없이 자신을 낮추어
온갖 생명이 어울려 살 수 있는 평지가 되게 하라.

70×34

작가노트 14

어제부터 하늘이
내 어깨에 송곳같이 날카로운 신호를 보내고 있네
한 이틀 봄비가 내리겠지 한 이틀 봄비가 내리고 나면
몽요의 마을 언덕마다 복사꽃 눈부신 등불로 내걸리겠지
내 어두운 원고지에도 칸마다 연둣빛 글자들이 돋아나겠지.

70×45

42          69×46

할미꽃이여
나도 허리굽은 그 나이까지 꽃이 되고 싶구나.

겨울 새벽까지 깨어 있으면 언제나 빌어먹을 놈의 외로움 때문에 뼈가 시리다, 라고 썼다가
바깥에서 앙상한 뼈를 드러낸 채 묵묵히 겨울을 견디고 있는 나무들을 생각하면서 부끄러움을 느꼈다
시계바늘은 움직이고 있지만 시간을 흐르지 않는다.
이제 세속을 잊어야 겠다.
내가 간직했던 사랑과 증오들도 모두 반납해야겠다.

70×45

제일 먼저 창문이 맑아진다.
창문이 맑아지면서 방안에 있는 사물들의 모습도 조금씩 맑아진다.
만물이 모두 맑아질 때는 인간도 같이 맑아질 줄 알아야 한다.

숨결 두모금

# 만물(萬物)을 품은 일필휘지(一筆揮之)의 심화(心畵)

필, 묵의 꽃은 문방사우(文房四友)와 참 정신이 일구어 낸 예술(藝術)이다.

문인(文人)의 도(道), 화가(畵家)의 도(道), 인생(人生)의 도(道)는 일도(一道)이며. 그 길은 결코 쉽고 아름답다고 할 수 없다.

인고(忍苦)의 시간(時間)속에서 만물의 내밀함을 찾아 느끼는 영감(靈感)과 감성(感性)이 어우러진 하나의 획(劃)이다.

강원도 화천군 다목리에 가면 물고기와 새 한마리가 안내하는 감성마을엔 모월당(侮月堂)이 있다.

그곳에서 필(筆), 묵(墨)의 밭을 일구어 심연(深淵)에서 나오는 필(筆)의 기운(氣韻)을 맛볼 수 있으며, 이외수님의 몸짓에서 나오는 유연한 칼춤은 심장을 뛰게도 멈추게도 하고, 또한 혈기(血氣)가 넘치는 먹, 빛의 향(香)은 만물에 스미어 살아 움직이게 한다.

연지(硯池)에 맑은 물을 부어 먹가는 모습 속엔 자연(自然)과 교감(交感)하는 명상의 시간이며, 흰 화선지에 작가(作家)의 가슴을 펼치고 감성(感性)의 씨를 심어 일필휘지(一筆揮之)에서 승화(昇華)된 일점(一點), 일획(一劃), 새로운 생명으로 탄생된 그 심화(心畵)는 아름다움의 극치(極致)를 보여 준다.

이외수님은 기인(奇人)으로 멋진 시간과 공간 속에서 우리들의 공감대를 이루는 심화(心畵)의 예술작가(藝術作家)이다.

묵객(墨客) 유수종(劉秀鐘)

작가노트 18

외로움은 소통이 되지 않을 때 생기는 것입니다
진정한 소통은
겉을 통해서가 아니라 속을 통해서 이루어집니다
하지만 모든 외로움은 자신이 만들어 내지요
치료약도 자신이 가지고 있습니다.

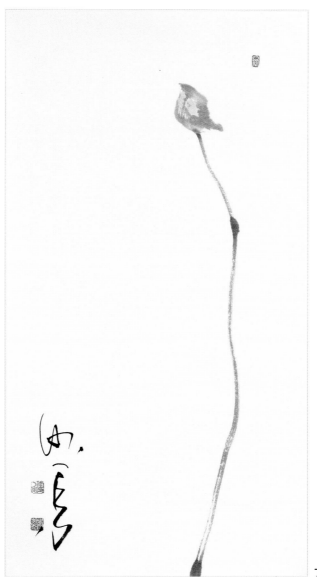

70×36

그래 기억나지 않는 것들은
기억하려고 애쓰지 말자
늙는다고 생각하면 왠지 쓸쓸하지만
이제는 내가 이 세상에 온 이유 하나만 기억하고
나머지는 기억하지 않아도 좋을 나이가 되었나보다
건망증.

69 × 34

작가노트 20

천지에 사랑이라는 이름 소멸하고
헐벗은 나무들 벙어리로 서 있는 창 밖 풍경
언제쯤 내가 키운 새들은 빙판 같은 하늘을 가로질러
그대 사는 마을에 당도 할까요
그대 사는 마을에 당도해서
내가 아직도 살아 있음을 증명해 줄까요.

69×43

내 목숨 다 하는 그날까지
겨울에도 시퍼런 대숲 자라 오르고
그 위로 보름달 하나
청명하리라.

34×70

58          70×44

작가노트 22

더러는 바람이 불고 더러는 비가 내리고 아픈 이름들
흐린 세속의 어스름 속으로
하나 둘 종적없이 떠나 버리던 날들이여
땀 흘리면서 살고 싶어서 태어나
피 흘리고 살아야 하는 세상이여
잘 가거라.

작가노트 23

먹고 사는 일은 누구에게나
캄캄한 눈물이더라
막막한 절망이더라
그래도 이승에서는 다시 만날 수 없는 순간들이여
나는 그 모든 것들의 의미를 사랑이라는 이름으로 간직하리니
잘 가거라
잘 가거라
잘 가거라.

54×67

작가노트 24

슬프고 외로울 때 같이 울어 줄 사람이 있다면
그대의 인생은 실패하지 않은 인생입니다
저는 독자들이 슬프고 외로울 때를 위해 글을 씁니다
글을 쓰면서 때로는 혼자 웁니다
그러나 제 인생도 눈시울을 적실 줄 아는 독자들이 있기 때문에
실패하지 않은 인생입니다.

47 × 69

작가노트 25

소망의 저울은 언제나 남을 생각하는 사람 쪽으로
기울어진다는 사실을 명심하신다면
분명 그대의 인생은 행복해질 것이며
세상 또한 그대가 있으므로 더욱
아름다워진다는 사실을 잊지 마시기를.

70×45

창문을 연다
가을이 손을 흔들어 보인다
떠나는구나
나는 하늘 한 조각을 오려서
노트 갈피에 끼우고
사랑은 끝내 시리다 라고 적는다.

46 × 69

작가노트 27

모든 언덕은 그리움을 되살아나게 합니다
거기 개망초가 어지럽게 피어 있고
이따금 한 무더기 바람이라도 지나가면
잊혀진 이름들이 떠오르지요
울지 마라
울지 마라
울지 마라
개망초들 나지막히 속삭이면서
물기 어린 음표들로 흔들립니다.

70×35

69 × 52

글쟁이 새벽은 언제나 참혹하다
두문불출 집필실에 틀어박혀 소설에 대한 모반을 꿈꾸고 있을 때
슬그머니 다가와 구멍난 내 허파에 서늘한 칼날을 들이미는 가을냉기
모두 어디로 떠나 버렸을까
갑자기 세상이 텅 비어버린 듯한 느낌 속에서
누군가에게 편지를 쓰고 싶은 충동이 내 의식을 사로잡는다
하지만 그 누군가라는 사람이 도대체 누구지?

70×36

작가노트 29

詩가 죽어 버린 당신의 가슴은
물이 말라 버린 꽃병과 같습니다
당신은 혹시 물이 말라 버린 꽃병에
플라스틱 가화를 꽂아 두고
봄이 되면 나비가 날아 오리라는 믿음 속에서
살고 있는 것은 아닌지요.

46×55

76      69×45

작가노트 30

눈
너는 내리고
나는 녹는다
봄밤에.

작가노트 31

여기도 비가 내리고 있습니다
가을비라고 하기에는 흐느낌 소리가 너무 격렬합니다
이 비가 그치면 이내 가을이 문을 닫겠지요
아침 저녁으로 날씨는 더욱 쌀쌀해지고
떠나간 것들에 대한 기억들이 손톱 밑에 박힌 가시처럼 되살아 나서
무시로 제 의식을 아리게 만들겠지요.
누군들 후회하지 않고 살아갈 수가 있나요
세상만사 그러려니 하고 살면 그만인 것을
때로는 집착하고 슬퍼하고 분노합니다
그러지 않아도 비는 내리고
그러지 않아도 가을은 끝나는 것을.

69 × 46

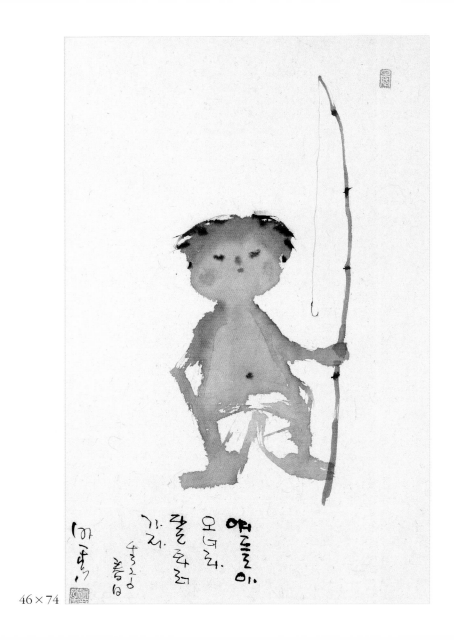

46×74

작가노트 32

참으로 거칠고 먼 길을 홀로 걸어와
옷자락을 스치는 그대여
내 몸은 비록 늙고 병들어 기력 없으되
아직 날밤은 새울 수가 있나니
오늘 같은 날에는
그대와 비포장도로에 같이 퍼대고 앉아
흐르는 달이나 곁눈으로 쳐다보면서
밤 새도록 문학과 인생을 음미하고 싶소이다.

작가노트 33

비는 시간을 적십니다
비에 젖은 시간은 대부분 미래로 흐르지 않고 과거로 흐릅니다
추억은 언제나 과거에 머물러  있습니다
비가 내리면 당신은 어디부터 젖는지요
젖어서 무엇을 추억하게 되는지요.

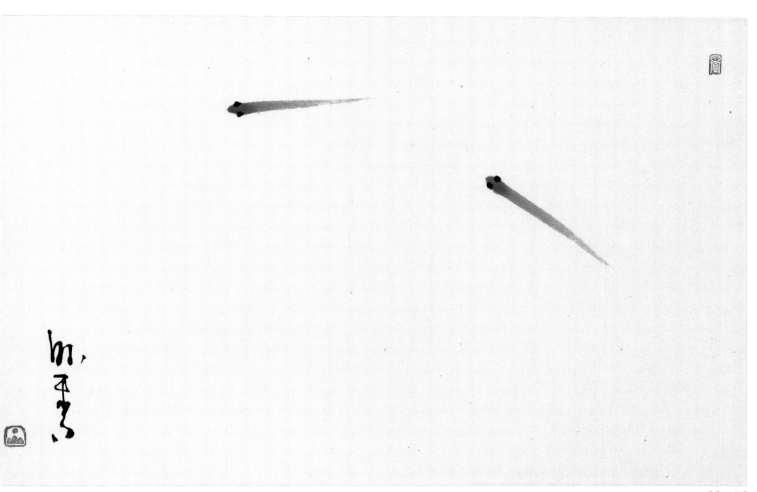

55×34

장마철에 모든 나무들이 약간씩은 우울한 표정으로 고개를 숙인 채
빗소리를 듣게 되지요
사실 행복은 정해져 있는 것이 아니라
사람이 이미 정하고 갈구하는 것이 아닐까요
단지 노력 여하에 따라 오는 속도만 달라질 뿐.

70×43

숨결 세모금

# 도적놈의 이야기

몇 년 전 [도적놈 셋이서]라는 책을 펴 낸 적이 있습니다. 천상병 천사님은 이승에서의 소풍을 다 끝내고

천국에 잘 계시다고 4월 28일날 편지 소식이 왔습니다.

지금 두 도적놈이 남아서 세월이나 도적질하며 술병깨나 축내며 살고 있습니다.

하루는 이외수 도적놈 집에 가서 여인상 나체 유화 그림과 묵화를 보게 되었습니다.

그 다음 갔을 때도 그림을 여러 점 보았습니다.

나는 이런 말을 했습니다.

이외수는 직업을 바꿔서 그림쟁이로 나가면 좋겠다, 만날 적마다 졸라대었습니다.

이외수 도적놈이 쇠젓가락(정신통일, 氣를 모음)을 던졌다 하면 널판은 물론 철판도 뚫어 버리거든요.

이 말은 무슨 말인고 하니, 이외수의 정신통일이 기의 붓을 타고 춤을 추어 보십시오.

그 필력(붓맛)을 누가 당하겠습니까. 그림을 보면 완전한 詩였습니다. 일견 文人畵 같기도 하고 禪畵 같기도 했습니다.

필력도 프로화가 뺨을 마구 치고 있었습니다.

창작(이외수의 목소리, 그림혼, 몸짓그림)에 몇 번 미치고, 종이 속에, 먹물 속에 몇 번 빠졌다 나오기만 하면 틀림없이

격조 높은 문인화 · 선화가 나올 것입니다. 앞으로 두고 봅시다. 하룻밤에 화선지 1백~2백 장을 그려내는데 말입니다.

3천 리 밖에 있는 그림이라도 이외수 도적놈 앞에 좋은 그림으로 나타나지 않고는 못 배겨내지요.

묵화. 메기. 닭. 동심. 직접 보십시오. 놀라지는 마십시오. 우리나라 사람들은 유화를 귀하게 알고 묵화를 가볍게 보는

사람들이 더러는 있는 것 같습니다. 유화보다 묵화가 아주 어렵습니다.

그 중에서도 一刻一筆 之 無我境에 無心筆, 더 어렵습니다.

나중에 알고 보니까 대학에서 화가 지망생이었답니다.

옛말에 자기업은 속이지 못한다고 했습니다.

가갸거겨. 가갸거겨.

중광스님

작가노트 35

겨울은 모든 생명체들이 속물 근성을 버리고 동안거에 들어가는 계절이다.
그러나 인간들은 겨울에도 잡다한 욕망의 언어들을 거느리고 저잣거리를 배회한다.
보라, 나무들은 자신에게 붙어 있던 일체의 수식어들을 미련없이 떨쳐 버리고
오로지 헐벗은 모습 하나로 묵상하는 법을 우리에게 가르친다.
그대여, 겨울은 담백한 계절이다.
감정에 양념을 쳐바르거나 조미료를 뿌리지 말라.
담백한  계절에는 담백하게 고백하라.
진심으로 당신을 사랑한다고.

34×61

돌아보면
실어증 속에서 낙엽처럼 파지만 흩날렸지요
세월은 언제나 제 인생을 앞질러
어디론가 허망하게 사라져 버리고 말았습니다.

46×69

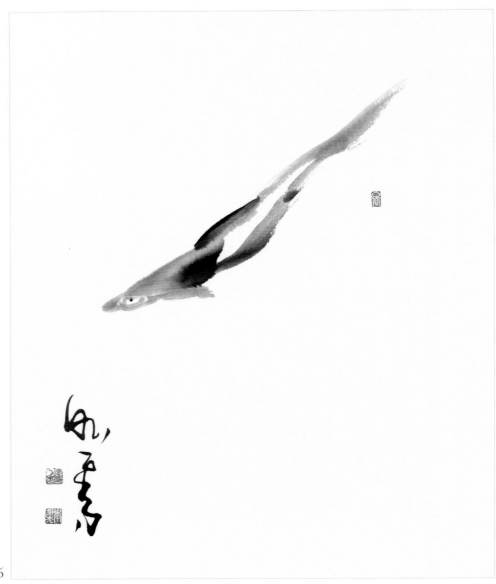

94        55×46

작가노트 37

세상아 저물지 마라
지난 날 내 저급한 이름 위에 뱉아 준 가래침도
지금은 모월당 우담바라 꽃송이로 피어나거늘
서로가 살아 있으므로 눈물겨운 목숨 곁에서
부디 한 순간의 증오로 저 하늘을 덮지 마라
비록 기다리는 날들이 사랑하는 날들보다 아프다지만
날마다 내가 삽질하는 시간의 어두운 터널 건너
언젠가는 그대 마음 사과꽃 눈부신 마을에 살게 하리니.

69×34

코스모스는 같은 땅 같은 하늘 아래 같은 꽃이름으로 피어서
어떤 꽃은 빨간색으로 흔들리고
어떤 꽃은 하얀색으로 흔들리고
어떤 꽃은 분홍색으로 흔들립니다.
세상을 좀 더 아름답게 보시라는 뜻이겠지요.

몇 시나 되었을까.

벽시계가 있는 쪽으로 고개를 돌릴 기력조차 없다.

간헐적으로 내가 뱉아내는 신음소리를 듣고 잠에서 깨어나기를 여러 번

가까스로 정신을 수습하면 철사로 만들 밧줄처럼 완강하게 육신을 포박하고 있는 고통과 피로가 느껴진다.

빌어먹을. 누가 주책없이 겨울날 새벽 냉기처럼 시린 슬픔 한 바가지를 떠다가 방바닥에 엎지르고 도망쳤을까.

작가노트 40

잠이 덜 깬 상태에서 느껴지는 슬픔은 언제나 뼈를 적신다.
그러나 지금 내게는 슬픔을 걸레질할 방법이 떠오르지 않는다.
실내에는 엷은 어스름이 잠복해 있다.
밤이 오고 있는 중인지 새벽이 오고 있는 중인지 종잡을 수가 없다.
사방이 고요하다.

작가노트 41

내가 말이나 글로 전하는 것들은
그렇게 알라고 전하는 것들이 아니라
그렇게 하라고 전하는 것들이다
아는 만큼 보이는 것들은 아직 진정한 내것이 아니다
하는 만큼 열리는 것들이 진정한 내것이다.

70×45

102          34×69

작가노트 42

원효처럼 타는 갈증이 있어야 해골에 담긴 물을 마실 수가 있습니다
그러나 타는 갈증이 있다고 하더라도
사물의 형상이 육안으로 분별되는 대낮이었다면
과연 원효가 해골에 담긴 물을 마실 수가 있었을까요
아직 꽃잎이 가지 끝에 화사하게 남아 있는데 어찌 열매가 열리겠습니까.

작가노트 43

술 한잔도 마시지 않았는데
쓸데없이 나는 늙어
소리죽여 내리는 봄비에도 늑골이 쓰리네.

45×68

작가노트 44

머무는 날이 있으면 떠나는 날도 있다는 것이
생명들이 가지는 공통점입니다
세상의 모든 아픔 뒤에는 반드시 또 다른
생명이 기다리고 있습니다
세상의 모든 결별 뒤에는 또 다른 해후가
기다리고 있습니다
당신의 아픔 뒤에 탄생하는 생명이
눈부신 꽃으로 피어나기를 빕니다.

68×68　　107

한 줄도 못 쓰고 지새운 날은 차 한잔 마시기도 쑥스럽구나.

선잠결에 불현듯 갈비뼈 밑으로 싸늘하게 스쳐가는 바람 한 자락 착각이었나
겨울예감.

문 밖에 가을이 왔다는 소식이 들린다.

그리운 이들은 모두들 잘 있는지.

내가 침잠해 있는 원고지 밑바닥은 너무도 깊고 어둡다.

부상해서 세상과 소통하는 일이 쉽지가 않다.

의식 속에는 파지만 가득한데 어느새 해가 중천으로 떠오르고 있다.

무참하다.

현기증이 난다.

식욕이 없지만 태아의 건강을 위해서 억지로라도 곡기를 삼키고 잠을 자 두어야겠다.

34×69

하나의 이름은 하나의 아픔이다.

꽃이라는 이름은 꽃이라는 이름의 아픔이요

강물이라는 이름은 강물이라는 이름의 아픔이다.

내 마음이 꽃이라는 이름과 조화할 수 없을 때 꽃은 꽃이라는 이름의 아픔이 되고

내 마음이 강물과 조화할 수 없을 때 강물은 강물이라는 이름의 아픔이 된다.

사랑도 마찬가지다.

내 마음이 사랑과 조화할 수 없을 때 사랑은 사랑이라는 이름의 아픔이 된다.

68×45

작가노트 49

그대가 만약 한 사람을 소유하고 싶다면
그 사람과 마음으로 조화하는 방법부터 터득하라.
그대가 만약 만천하를 소유하고 싶다면
만천하와 마음으로 조화하는 방법부터 터득하라.
그리고 희생이 조화의 지름길임을 명심하고
기꺼이 희생을 꿈꾸는 인간이 되라.

69×42

일시무시일 ─始無始─

일종무종일 ─終無終─

존재한다 하여도 그러하고 소멸한다 하여도 그러하거늘,

내 어찌 타인의 고통으로 만들어진 장신구로 자신의 명예를 치장하랴.

나는 지겹도록 반복되는 세속의 고문에 아직 회유되지는 않았다.

멀어질수록 깊어지는 인간으로부터의 그리움 속에서

오늘도 기쁜 일만 그대에게.

69 × 69

작가노트 51

고개 숙인 채 돌아서는 그대 등 뒤로
소리없이 떨어지는 목련꽃잎
영겁으로 정지해 있는 풍경이여.

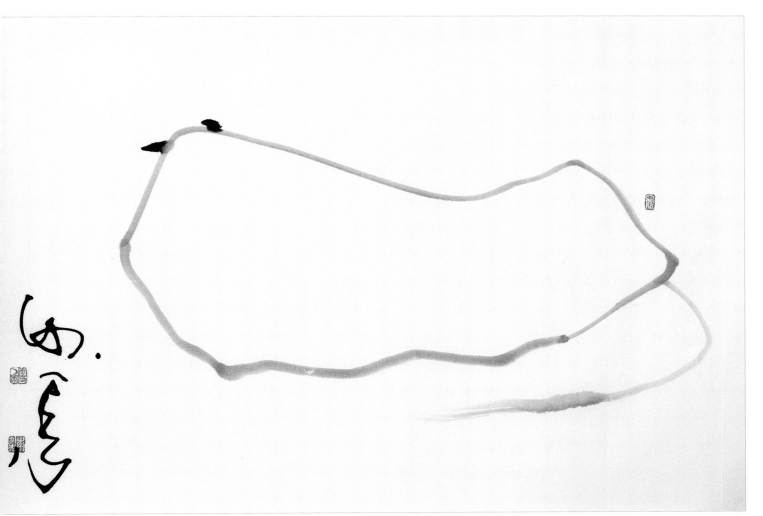

70 × 45

날개를 가진 새를 하늘로 날려 보냄은

이 세상을 피하거나 이 세상을 버리도록 만들기 위해서가 아니라

본성대로 이 세상을 더욱 넓고 크게 보고 사랑하며 살도록 만들기 위함입니다.

46 × 69

작가노트 53

이제 외롭고 가난한 시인의 기교없는 진실이 먹히는 시대는 문을 닫았다.
서른 살 공판장.
이른 아침 텅 빈 목로주점에서 내가 마시던 술.
세월은 흐르고 세상도 변했다.
봄부터 가을까지 줄곧 뼈를 적시며 비만 내리고
사람들은 모두 어디로 떠나 버렸을까.
혼자 마시는 술이 아직도 독약 같은 아침.

69 × 34

123

## 작가 연보

1946 경남 함양군 수동면 상백리에서 태어남
1958 강원도 인제군 기린국민학교 졸업
1961 강원도 인제군 인제중학교 졸업
1964 강원도 인제군 인제고등학교 졸업
1965 춘천교육대학 입학
1968 육군 입대
1971 육군 병장으로 만기제대
1972 춘천교육대학 중퇴
1973 강원도 인제 남국민학교 객골분교 소사로 근무
1975 《世代》지에 중편 [훈장勳章]으로 신인문학상 수상,
　　　강원일보에 잠시 근무
1976 단편 [꽃과 사냥꾼] 발표
　　　11월 26일 전영자와 결혼
1977 춘천 세종학원 강사로 근무. 장남 이한얼 출생
1978 원주 원일학원 강사로 근무. 장편 [꿈꾸는 식물] 출간
1979 단편 [고수高手] [개미귀신] 발표
　　　모든 직장을 포기하고 창작에만 전념
1980 창작집 [겨울나기] 출간
　　　단편 [박제剝製] [언젠가는 다시 만나리]
　　　[붙잡혀 온 남자] 발표
　　　차남 이진얼 출생
1981 중편 [장수하늘소] 단편 [틈] [자객열전] 발표
　　　장편 [들개] 출간
1982 장편 [칼] 출간
1983 우화집 [사부님 싸부님] Ⅰ, Ⅱ 출간
1985 산문집 [내 잠 속에 비 내리는데] 출간
1986 산문집 [말더듬이의 겨울수첩] 출간
1987 서정시집 [풀꽃 술잔 나비] 출간
1990 이외수, 이목일, 이두식, 마광수,
　　　4인의 에로틱 아트전−나우갤러리

1992 장편 [벽오금학도] 출간
1994 산문집 [감성사전] 출간 仙畵 개인전−신세계 미술관
1997 장편 [황금비늘] 1, 2 출간
　　　중단편모음집 [겨울나기] [장수하늘소] 출간
1998 산문집 [그대에게 던지는 사랑의 그물] 출간
2000 시화집 [그리움도 화석이 된다.] 출간
2001 우화집 [외뿔] 출간
2002 장편 [괴물] 1, 2 출간 /8월
2003 퍼포먼스 묵행(墨行) 공연−강원삼색공연, 마임개막전,
　　　한국실험예술제
　　　강원삼색공연(3월)−판소리 이유라, 마임 유진규, 묵행 이외수
　　　국제춘천마임축제개막전(5월)−마임 유진규, 전자콘트라바스 김
　　　동섭, 묵행 이외수 한국실험예술제(9월)−마임 유진규, 전자콘트
　　　라바스 김동섭, 묵행 이외수산문집 [내가 너를 향해 흔들리는 순
　　　간] 출간/7월대구문화방송 갤러리M 초대전 [이외수 봉두난발 특
　　　별전] /10월
　　　산문집 [날다타조] 출간/11월
2004 산문집 [뼈] 출간/4월 산문집 [바보바보] 출간/6월
2005 제2회 천상병예술제 이외수 특별초대전
　　　[붓으로 낚아챈 영혼]/4월−5월 소설 [장외인간] Ⅰ, Ⅱ 출간 /8월
2006 강원도 화천군 상서면 다목리 감성마을로 이주 /1월
　　　문장비법서 [글쓰기의 공중 부양] 출간 /2월
　　　산문집 [내 잠 속에 비 내리는데] [그대에게 던지는 사랑의 그
　　　물] 재출간 /5월
　　　소설집 [훈장] [장수하늘소] [겨울나기] 재출간 /7월

숨결

초판 1쇄 인쇄 2006년  9월  15일
초판 1쇄 발행 2006년  9월  20일

지은이 │ 이외수 글 그림
펴낸이 │ 김재광
펴낸곳 │ 도서출판 솔과학
주소 │ 서울시 마포구 염리동 164-4 삼부 골든 타워 302호
전화 │ 82-2(02)714-8655
팩스 │ 82-2(02)711-4656
E-mail │ solkwahak@hanmail.net
출판등록 │ 1997년 2월 22일(제10-104호)

ISBN 89-87794-12-1

값 12,000원